사라진 요리책

이 도서의 국립중앙도서관 출판예정도서목록(CIP)은 서지정보유통지원시스템 홈페이지(http://seoji.nl.go.kr)와 국가자료종합목록 구축시스템(http://kolis-net.nl.go.kr)에서 이용하실 수 있습니다.

(CIP제어번호 : CIP2020027665)

J.H CLASSIC 055

사라진 요리책

신수옥 시집

지혜

시인의 말

어두운 터널 속에서
출구를 향해 발을 옮긴다
희미한 자음과 모음으로 가득 찬 벽
손끝을 더듬어 어휘를 찾고
문장을 만드는 길
빛의 세계를 꿈꾼다
이 길은 덤으로 주신 축복
두려움 속에서 느끼는 손길
터널 한가운데에서
출구를 빠져나가 빛의 품에 안길 때까지
쉬지 않고 앞으로 달려갈 것이다

2020년 여름
신수옥

차례

2부

3부

8

4부

- 일러두기
  한 연이 첫 번째 행에서 시작될 때는 > 로 표시합니다.

1부

아홉 살

대나무 잎새 비비는 엷은 소리
꿈결을 헤매던 어디쯤
식은땀 솟은 이마를 간질이는 햇살
깊은 꿈에서 걸어 나와 눈을 떴다

국화 꽃잎 덧붙인 한지를 뚫고 들어온
오후의 지느러미가 흐느적이는 빈방
홀로 누워 눈 뜬
낯선 고요가 곁에 앉아 있다

둘러싼 적막에 갇혀 헤매는 동안
엷은 어둠이 창호지를 물들였다
벽시계는 호흡을 멈추고
심장 박동 소리만 방안을 채우고 있었다
갇혔던 울음이 손가락을 밀쳤다

젖은 눈 감고 누워
작은 손을 이마에 얹었다
손바닥에 느껴지는 파동의 메아리
엄마의 음파가 아홉 살을 흔들었다

그날 바람이 내게 왔다

꽃멀미 심하던 스물네 살의 봄이
현기증으로 몸져누웠다
실성한 태양이 흥건히 배설해놓은 거리를
힘없이 내다보면서

바람의 두루마리를 펼쳐 놓고 재단했다
가벼운 스티치로 무늬 놓은 바람 날개
날아오르고 싶었다

만개한 벚나무는 염소를 모는 아낙의 치맛자락
날뛰는 뿔에 걸려 레이스가 찢기고
어깨를 덮은 바람 날개가 펄럭였다

자궁 속에 착지한 꽃씨의 낌새
링거가 꽂힌 혈관으로 스며든 젊음이
꽃비가 내리면 되살아난다
꾸역꾸역 밀려나오던 헛구역질

수액을 매단 벚나무가 입덧을
하얗게 쏟아내고 있다

육회

외할아버지 편찮으신 후
이번이 마지막일 거라고
엄마는 단골 푸줏간에서 싱싱한 살코기 한 덩이 샀다

가늘게 썬 고기 간 맞춰 버무려 드리면
할아버지는 틀니 낀 입을 오물대며 맛나게 드셨고
엄마는 옷고름을 적시며 돌아왔다

마지막이라는 말을 20년 넘게 하고도
붉은 빛깔 선명한 홍두깨살을 사느라
가게 문턱이 닳도록 드나드는 엄마

시큰거리는 무릎을 주무르며
애달픈 마음으로 들어서는 친정집
잇몸만 남은 외할아버지 입에
촉촉한 육회 한 점씩 넣어드렸다

입술 사이로 삐져나오는 것들을
밀어 넣어줄 때마다
엄마는 속울음을 꿀꺽꿀꺽 삼켰다

>

딸이 군침을 삼키는 줄 알고
너도 한 입 먹으라고
권했다는 할아버지

집으로 돌아온 엄마의 얼굴과 마음은
육회처럼 붉고 흐늘거렸다

오래 울다 잠든 밤이 물렁했다

곰국

차례로 몸살 앓는 두 아들 돌보느라
뼈마디가 흐물대던 며칠
이불 쓰고 눕자 열이 펄펄 나네

남편이 친정에 데려다주어
결혼 전 쓰던 방에 쓰러졌는데
애들 걱정 남편 걱정이 거기까지 따라오네

온종일 곰국이 끓네
칠순을 바라보는 엄마의 애간장도
바글바글 함께 끓네
집안 가득 냄새 퍼지고
엄마의 마음도 보약처럼 퍼지네

사흘 꼬박 앓고 일어나 보니
주름진 엄마 얼굴
입술마저 부르텄네
흰머리가 어느새 저리 늘었을까

남은 곰국 몽땅 싸주며

사위에게 부탁하네
에미 좀 잘 돌봐주게

배웅하며 흔드는 손
붉어진 눈시울로 가져가네
엄마도 몸살 중이었다는
남편의 조심스러운 말

북받치는 서러움에 떨군 고개
눈물이 뜨겁게 끓어 넘치네

장화가 눕던 날

댓돌 위에 검정 장화 한 켤레
종일 뛰어다니며 흘린 땀
차가운 우물물 한 두레박으로 씻어낸다

눕고 싶은 날이 왜 없었을까
물길 터주며 논두렁 누빈 날
덕지덕지 달라붙은 진흙 무거워도
쓰러지면 안 된다 주문을 외우며
꼿꼿이 선 채로 버텼다

장화 속으로 비집고 들어온 찌끄러기
발등을 놀이터 삼아 장난을 쳐대도
털어낼 시간조차 없다

장마철 폭우로 물바다를 이룬 날
여기저기 터지는 논두렁
무슨 수로 막을까
대출 이자처럼 불어나는 진흙더미
있는 힘 다해 퍼내려 애쓰다
온몸이 흙탕물투성이가 된다

\>

퉁퉁 부은 발을 간신히 벗어난 장화
키 작은 꽃무늬 장화에 기대
가쁜 숨 몰아쉬다 드러눕는다

여물 국수

새벽마다 국수 삶는 아버지
마른 볏짚 더미에서 한 짐 덜어다
작두에 알맞은 길이로 썰어

크고 낡은 가마솥 금 간 뚜껑을 밀고
펄펄 끓는 물에 넣는다

서울에서 공부하는 맏아들 등록금 마련하려면
누렁이를 어서 잘 먹여 키워야 한다

구수한 냄새가 퍼져나가면
누렁이 콧구멍이 벌렁대기 시작하고
눈동자는 한결 온순해진다
들통 가득 퍼온 뜨끈한 국수
안개꽃 흰 숭어리 외양간 가득 피어나고
여물 국수 한 그릇 뚝딱 비운 누렁이
육수까지 츄릅츄릅 들이마신다

외동딸 시집가는 맑고 화창한 날
동네 사람들 둘러앉아

고명 화려한 잔치국수를 나눠 먹는다
덕담이 오가며 막걸리 잔이 부딪히는데

등록금은 빚내 쓰면서도 보낼 수 없던 누렁이
혼수 밑천으로 어쩔 수 없이 팔던 날
볏짚 듬뿍 썰고 옥수숫대 더해 정성껏 끓인
달달한 여물 국수
마지막으로 배불리 먹이며 등을 쓸어주던 아버지

텅 빈 외양간을 바라보다
아무도 모르게 눈물 국수를 들이키셨다

녹슨 뺀찌

창문 없는 창고 한구석
세상에서 버림받은 동료들끼리
몸 비비는 동안
덕지덕지 세월의 때가 끼어간다

한때는 멀끔했던 얼굴
잘 빠진 몸매에
빨간 바지로 멋을 낸 긴 다리
완벽한 대칭, 자신만만했다

악어 같은 입에 한번 물리면
꼼짝없이 뽑혀 나오는 못들
어금니로 철삿줄도 끊어내는
강하고 믿음직한 해결사

대접받으며 어깨 펴고 지낸 세월
덧없이 흘러가고
한평생 궂은일에 헐거워진 육신
녹슬어 잘 닫히지 않는 입
썩은 이만 가득하다

\>

가장의 자리에서 가장자리로
밀리고 밀려 다다른 끝자락
관절이 삐걱거린다

울음을 다독이다

비밀번호를 누르고 현관문을 연다
한동안 빈집이었는데
방금 뚝 그친 울음의 꼬리가 서둘러 빠져나간다
서러움이 넘실대는 거실
눈물 머금은 벽지가 눅눅하다
서쪽 창으로 저무는 여름 햇살
머물던 자리 아직 따뜻하다

어디선가 들리는 질긴 신음의 기척
베란다 망에 붙어
울음을 다독이던 매미는
빈집을 들여다보며 얼마나 울었을까
눈알이 부어오른 채 아직도 몸을 떤다
흐느낄 때마다 벌떡이는 배
땅속에서 견딘 슬픔을 부리고 있다

날카로운 삽날이 퍼낸 붉은 직사각 공간에
흙 한 삽 퍼 넣고 울다
엄마를 홀로 두고 돌아와
빈속에 차곡차곡 눈물을 채운다

\>

매미의 젖은 마음을 끌어안고
여름 해가 데워 놓은 구석에 쪼그리고 앉아
남은 울음을 쏟아낸다
충혈된 노을이
검은 옷소매를 붉게 적신다

가마솥 일기

아침저녁 매운 연기에 눈물 흘리면
젖은 행주로 뺨을 닦아주며
슬그머니 눈가를 훔치던 엄마

전쟁통엔 살림살이 가득 넣어
백오십 리 피난길에도 이고 갔다

고향에 돌아와 새집 지을 때
부뚜막에 앉히고
밥이 끓는 동안 아궁이 앞에 쪼그리고 앉아
온갖 설움 털어놓았다

엄마 먼저 가시고
남은 가족 서울로 이사하던 날
부엌 한 귀퉁이 가마솥을 아무도 챙기지 않았다

거미가 편안히 집을 지었다
마당에 꽃 피고 눈 덮이기 몇 번
먼지 낀 거미줄에 빈집의 한기가 들락거렸다

>

끝내 부뚜막을 떠나 마당 구석에 버려진 후
한 솥 가득 피어난 금잔화
식구들 재잘대는 소리가
노랗게 끓어 넘친다

오랜만에 밥물 끓는 냄새
마당에 가득하다
노을빛 구름행주 꼭 짜는 엄마

아버지의 등

등에 업혀 학교 가던 산길
계곡은 깊었고 산은 험했어도

아버지 등은 늘 따뜻했어요
창백한 일곱 살이
튼튼한 두 다리로 아버지 손잡고
그 산길 뛰어넘게 해달라는 소원을
넓은 등에 얼굴 묻고 빌었어요

전쟁통에 태어나 빈 젖만 빨다가
다리에 힘이 없어
개나리 환하던 봄날도
비바람 몰아치던 여름도
아버지 등에 업혀 고개 넘을 때
굵은 땀방울 흐르던 목덜미

아버지 구십 고개 넘기고 눈 감을 때
그토록 넓던 등 앙상해진 채로 내 품에 안겨
평생 가슴 속에 숨겼던 말씀 힘겹게 하셨지요
딸아, 미안하다

>
흐르는 눈물 감추려 고개를 돌리는데
산등성이에 난 길이 환하게 보였어요
그 길 따라 홀로 걸어가시는
아버지의 등이 편안해 보이네요

무쇠 맛

엄마가 싸는 김밥에선 언제나
무쇠 맛이 났다
날이 무디면 썰다가 터진다고
숫돌에 무쇠 칼을 갈았다

반짝이는 신제품 칼은 밀쳐두고
닳아진 손금이 손잡이에 옮겨 앉은
익숙한 칼만 고집하던 엄마

그 맛이 싫어 도시락을 슬그머니 내려놓고
대문을 나섰을 때
잰걸음으로 따라 나와 끌어다 앉혀놓고서는
새로 만 김밥을 손에 익지 않은 스텐 칼로
서툴게 썰어 다시 싸주셨다

첫딸이 소풍 가는 날 김밥을 싸는데
엄마 생각 많이 난다
아이를 보내고 들어와
물려받은 무쇠 칼을 꺼내
남은 김밥 한 줄 썬다

>
김밥을 입에 넣고 우물거리는데
무쇠 맛이 퍼진다
엄마 돌아가신 후 처음 느껴보는 엄마 맛

소풍 간 아이가 돌아올 때까지
입을 헹구지 않았다

천사를 만나다

병원에서 돌아와
한 송이 시든 꽃으로 마루에 누웠을 때
딸이 와서 곁에 누웠다
멍한 눈으로 몸을 돌리니
그렁그렁한 눈으로 나를 보면서
많이 아프냐 묻는 열 살짜리 말에
왈칵 눈물이 솟았다

나는 딸을 꼭 끌어안아
눈물을 보지 못하게 했다
딸의 등을 토닥여 주는 내 품에서
눈물을 꾹꾹 삼키는 어린 것의 흐느낌이
가슴을 적시자
말랐던 젖이 돌면서
살갗 구석구석 슬픔이 배어나왔다

온 우주가 내 속에서 빛을 잃던 날
병상을 내리덮은
깊은 어둠 속에서 허우적거릴 때 나는
어린 딸의 희고 가는 손목을 잡았다

눈에 아이를 넣고 싶어 감기는 눈을 떴다

그때 보았다
아이 등에 돋아난
하얀 깃털 소복한 두 날개를

사라진 요리책

배추 세 포기 절이려고
소금 항아리 열고 망설이다
전화기를 든다

익숙한 번호를 누르자
신호 한 번 가지 않고 들리는 말
지금 거신 번호는 없는 번호이오니

낯선 목소리에
가슴이 덜컹 힘이 빠진다
뜨거운 덩어리가 울컥 올라온다

큰언니의 번호를 눌러본다
소금 몇 공기 퍼야 하는지 모른다고 울먹이자
이 바보야, 네 나이가 몇인데
말끝을 흐린다

내 요리책이었던 엄마
음식 만들다 말고 전화기만 들면
몇십 년 한결같이

초판 내용을 유지했었다

몇 번을 물어도 반갑게 말해주던
엄마 음성 그리워
배추를 절이다 말고
무릎 사이로 고개를 묻는다

눈물로 푹 절여진 얼굴
간이 밴 표정이 엄마를 닮았다

바늘구멍

바늘귀에 실을 끼우려던 엄마
눈살을 찌푸리다가
애꾸눈을 하다가
실 끄트머리에 침 묻혀 도르르 말아서
초롱초롱한 눈으로 구경하던 내게 내밀었다

바늘구멍 한가운데로 쏘옥
실을 끼워드리면
반짝이는 내 머릿결을 쓰다듬으며
나도 너 같은 때가 있었는데
홈질처럼 편안한 웃음으로 말씀하셨다

수십 년 세월이 실타래처럼 빠르게 풀려
엄마 되고 할머니 되고 보니
바늘귀에 실 한번 끼우려면
침침한 눈을 몇 번이고 문질러야 한다

바느질대 위에 날개 펴고 앉은
나비목目 투명나비과科 돋보기가
언제든 바늘구멍 따라

날아오를 채비를 하고 있다

날이 갈수록 좁아만 가는 바늘구멍

손톱을 깎다

첫딸 낳고 세이레 동안
산바라지해주던 엄마
아기 손톱 깎아주다 살점을 조금 베고 말았다
미안해하며 얼굴 붉힌 엄마에게 포달부리며
세상에 둘도 없는 내 아기 뺏어 안을 때
머쓱하니 물러앉던 엄마

그땐 몰랐다
돋보기도 마련 못한 쉰 살에
엄마 눈이 어두웠다는 것을 정말 몰랐다

내가 할머니 되어
처음으로 손주 손톱을 깎아주던 날
돋보기를 쓰고도 실수를 했고
딸은 투덜대며 아기를 뺏어 안고 등을 돌렸다

무참한 마음
엄마 계신 하늘가로 달려가
그 무릎에 엎드려 용서를 빌며 실컷 울 때
괜찮다 하시며

내 등을 따듯이 쓸어주시는 엄마

아무 일 없었다는 듯 딸 곁으로 와
미역국을 끓여주며
따뜻할 때 먹으라고 했다

그날 저녁 침대에 누워
가만히 들여다보는 손톱
꿈속에서라도 엄마 손톱을
곱게 깎아드리고 싶었다

어부바

우유를 고른다
홀로 서 있는 것보다
새끼 업고 있는 것 꺼내
장바구니에 넣은 후
잠든 손자를 추슬러 올린다
열감기로 처진 아이 자꾸 흘러내린다

아픈 아이 두고 출근하던 딸
아기를 내게 안겨주며
약 먹일 시간 잊지 말라고
몇 번이나 당부했다
떼어놓는 발걸음이 얼마나 무거웠을까

멋진 몸매가 포대기에 가려져도
아이를 업고 웃는 내 딸
제법 어미 티가 난다
자장가 부르며 아기를 재우는 모습
젊을 때 나도 저리 어설펐겠지

슈퍼마켓 냉장칸

작은 우유 하나씩 업고 서 있는 우유
제 새끼 둘러업고 웃는
딸이 오버랩된다

2부

전세금

올해도 세를 올려달라고 산이 통보했다
가난한 나무들 서둘러 비상금을 털어본다
지갑 속에 꼬깃꼬깃 접어 둔 파란 지폐들을 꺼내놓는다
가지마다 지폐들을 촘촘히 내밀자 비로소
산이 푸르게 웃는다

아카시아, 소나무는 넓은 평수 자랑하며 우쭐대는데
산비탈 연립주택 진달래, 찔레가
기죽지 않으려 서둘러 꽃을 피운다

갈참나무 우듬지 옥탑방에
한철 세든 산새들
벌레잡이, 산 청소로 둥지세를 탕감받는다

살림꾼 다람쥐는
세입자들 셋돈 챙겨
산의 주머니 여기저기 채워준다

음지에 사는 나무들
햇살을 대출받으려 길게 목을 빼고 있다

산의 비위 건드리면 행여나 방 빼라 할까봐
살랑살랑 잎사귀 흔들며
아래로 깊이 뿌리 뻗어
큰 바위 하나
힘껏 붙잡는다

후두엽이 지나가는 동안

따사로운 볕을 쬐던 두 발을 불러들이고
수렴垂簾을 내린다
묵언수행 한 달 보름째
잘 재단된 에고의 드레스는 벗어버린 지 오래

여우비가 나무들의 이야기를 적시자
떨어진 이파리들이 거리에 나뒹군다
지면에 자욱한 안개가
작은 새 재잘대는 부리 속으로 스며들어
소리는 길을 찾지 못해 목구멍 안에서만 맴돈다

텅 빈 방으로 밀려드는 고요의 파동이
심장의 맥박과 부딪치며 공명을 일으킨다
영혼이 큰 진폭으로 요동치는 밤
침묵의 원형은 슬픔이어서
그 속 깊이 잠기는 법을 배울 때
자물쇠를 풀지 못한 채 흘러가는 시간과
말이 되지 못하고 새어나오는 쉰소리가 뒤섞인다

저녁노을 끄트머리 암적색 하늘빛을 녹여

검붉은 벽돌을 빚는다
마음 깊은 곳에 밤새 수도원 하나 짓는다
벽이 저만치 높아질 즈음
목젖 아래 곰삭아 가라앉은 말이
부스스 기지개를 켠다

콩나물

까만 비닐을 벗기니
연노랑 콩나물이 가지런히 깨어난다
몇 날 어둠 속에서 소리 없이 커진 머리
갑작스런 빛에 눈이 부시다

쥐며느리처럼 쪼그리고 앉은 노파
앙상한 등이 포물선을 이루어
턱과 무릎이 자연스레 만난다

물오른 꽃잎 두 장을 비집고 나오던 연한 꼬투리
수줍게 가리던 스무 살 작고 흰 손은
물에 퉁퉁 불어 미끌거린다

험한 세월이 빚은 마디 굵은 손가락들
시루 속으로 넣었다 뺀 손에는
더할 것도 뺄 것도 없는 천 원어치 콩나물이
머리채를 잡혀
기다리던 봉지 속으로 밀려들어간다

찢어진 천정으로 가랑비 들이치는 시장 골목

검정 비닐봉지 머리에 쓴 노파는
콩나물시루에 젖은 어깨를 기댄다

파스를 붙인 목덜미
깊게 패인 주름 사이로 흐르는 물방울
무릎을 적시고 바닥으로 떨어져 무심히 흘러간다
어둠을 덮은 노파의 숨소리가 노랗게 자란다

석양을 품다

저 단단한 호박 속에 무엇을 들어앉혔나
지구를 깔고 앉아 고운 시절 다 보내고
무슨 고집일까
아직도 일어설 생각을 않는다

탱탱한 피부 적당한 체중일 때 금값 받고
길 떠난 친구들 다 보낸 시월 텃밭
무릎 한번 펴지 않고 제자리를 지켰다
여름내 남모르게 태양을 끌어안은
그 붉은 마음으로 계절을 건너왔다

저 깊은 속내 얼마나 푸근하고 따사로울까
잉태된 어린 생명들이 가득 엉겨 붙어
스스로는 차마
중력을 거스르는 일이 불가능하리라

꼭지 가까이 질긴 탯줄을 자르고
함지박만 한 붉은 호박을 들어 올리자
들러붙었던 지구가 태반처럼 철퍼덕 떨어져나간다

\>

구십삼 년 한 생이 방석 위에 푹 퍼져있다
일흔 살 아들이 힘겹게 안아 올려 양지바른 곳에 앉힌다

호박씨처럼 엉긴 사연들 오물오물 다 닳은 잇몸 사이로
줄줄 흘리다 꼬박꼬박 졸다 비스듬히
기운다, 오후 한때가 왈칵 엎질러진다

여왕의 식사

구름 위를 날며 밥을 먹는다
3만5천 피트 상공
창밖에 흰구름 펼쳐놓고
근사한 식사를 즐긴다

일 년 열두 달 짓던 밥
오늘, 두 손이 한가롭다
단정히 머리 묶고 날렵한 스카프 두른
아리따운 시종이 은쟁반에 받쳐준 별식
골고루 음미하는 맛이 일품이다

난기류에 마차가 가볍게 흔들린다
발아래 구름은 모두 내 영토
천산산맥 위로 발을 내밀어
구름을 휘이휘이 저어본다

남편에게 휴가를 안겨주고 떠난 여행
때로는 혼자만의 시간이 필요해
캐리어 밀고 현관을 나설 때
은밀한 미소를 지었을지도 몰라

>

품위 있게 의자에 앉아 둘러보는 왕국
살짝 젖힌 등받이에 기대 눈감고
베르사유, 버킹엄, 자금성의 뒤뜰을 거닌다

뭉게뭉게 흰 양떼가 몰려간다
뒤쳐진 작은 새끼 양 한 마리 매애매애
머리에 뿔이 돋아나느라 근지러운지
창에 다가와 정수리를 문지른다

구름 정원 산책으로 상쾌해진 여왕
불어오는 시원한 바람에 스르르
잠에 빠져든다

흑백논리

아버지와 아들이라는 단단한 타이틀
등에 붙이고 기반棋盤 위로 오른다

바쁜 아들 무리수에
아버지의 노련한 착수는
정석을 고수한다

열아홉 줄의 가로와 세로
구획 정리된 터 위에서
수 싸움에 골몰하며
영역을 넓혀간다

자꾸만 벌어지는 부자 간의 판세
흰 돌, 검은 돌 하나하나에
속마음이 드러난다

세상살이 모나지 않게 사는 방법
아버지의 연륜으로 메우고
아들의 초강수가 빈 곳을 채운다

>
흰 것은 희고
검은 것은 검어도
세사기일국世事棋一局일 뿐

소원했던 부자 간의 틈
소리 없이 메워지는 휴일 오후
타이틀 떼어 내려놓은 바둑판 위에
창밖 나무 그림자가 올라앉아
복기復棋를 시작한다

숙제

200평 너른 밭에 줄 맞춰 숙제를 내준다
채소 모종 가득 찬 바구니 종류별로 늘어놓고
검은 비닐 덮어쓴 페이지마다
알맞은 구멍을 내고 모종을 옮겨 심는다
모든 영역은 주관식
넉넉한 지면이 필요하다

혼자서는 풀 수 없는 고민거리들
따스한 햇살의 조언은 무조건 받아들이고
쏟아지는 비를 맞을 땐 부지런히 물관을 채워야지
태풍이 몰려올 땐 눕는 척
안간힘 다해 땅을 움켜쥐는 거야

구름 낀 날은 식물의 발육이 좋은 날
잡생각은 뿌리를 캐내야 한다
조금이라도 남겨두면
정답을 가려버리고 말 테니

풀벌레 노래도 귓등으로 흘리며
햇빛 달빛 아래에서 참고서를 뒤적이더니

때맞춰 키가 크며 줄기를 뻗고
무성해진 잎 사이로 꽃도 피워낸다
한바탕 소나기 맞은 열매들 생기가 넘친다

시골집 뒤뜰에 빈틈없이 숙제 마친 아이들
노을빛에 물드는 풍요로운 저녁

국화빵

눈물 콧물 말라붙은 아기를
등에 업은 벙어리 엄마
빵틀에 반죽을 짜 넣는다
재료가 아직 많이 남았는데
별들이 총총 얼굴을 내민다

칭얼대던 아기는
온기 남은 등에 코를 박고 새근댄다
벙어리 엄마는
흘러내리는 아기를 추스르며
숟갈로 별 하나씩 받아
국화꽃 속에 넣고 틀을 뒤집는다

오거리 지나던 단골 행인들
말은 입 속에 넣어둔 채 눈으로만 인사한다
빨간 플라스틱 바구니에 천 원짜리 넣으면
거스름돈 필요 없는 미소

종이봉투에 담긴 국화빵
불의 황금 옷을 걸친 여덟 개가

잘 구워져 따끈하다
별을 품에 안은 사람들은
눈 비비며 기다리는 아이에게
따사로운 저녁을 안겨주려
시린 발걸음을 재촉한다

불편한 편의점

노량진 고시원 골목
작은 구멍가게
선반 새로 짜 넣고
세련된 간판을 달자
매상이 오른다

동네마다 골목마다
우후죽순처럼 생겨나는 편의점
처음엔 7 to 11이더니
이젠 24시간이다

계약직도 구하지 못한 젊은이들
잠 못 이루는 심정 너무도 잘 알아
곁이라도 내어줄까
불 밝힌 편의점

벌집 같은 고시원
취업 준비에 코피 터지다
몰려드는 추리닝족
내일은 서쪽에서 해가 뜰까

만화 주인공을 상상한다

해답은 어디 있을까
플라스틱 탁자 위
컵라면 불어간다

흘러가다

산꼭대기 마지막 집
골목에서 가장 높은 곳까지
흘러간 적 있었다

가장을 지탱하던 주춧돌이 빠져
식구들 흘러흘러
산동네 불빛 깜빡이는 그곳까지
한참 흘러가던 기억

철조망 아래 반지하 대신
하늘 가옥 하나 차지하고
여덟 식구 바글바글
매일 흘러갔다

손만 뻗으면
하늘 가득 열린
금빛 사과 따먹을 수 있어
배고프지 않아
좋았다

\>

검은 하늘 달빛 따라
높고 높은 바위산에 숨어
울다 나와도
아무도 눈치채지 못했다

한 입 깨문 사과를 주머니에 넣고
올라가는 골목길
눈물 닦아준 손이 그리웠고
쪽창의 불빛은 따뜻했다

얼음은 울지 않는다

환자복 줄무늬 사이 글자들 흐릿하다
숨소리만 들리는 병실이 어둠에 잠긴다

딸깍, 문 닫는 소리
발자국 멀어지는 소리
소등한 병실 창으로
가로등 흐린 불빛이 흘러든다

삼켜지지 않는 울음이
와락 베개 위로 쏟아진다
병상에 누운 채 까마득한 얼음 벌판
한가운데로 내동댕이쳐진다

가문비나무 숲을 달리는 바람의 울음
달빛에 반사된 은빛 세상 창문엔
뿌옇게 성에꽃이 피어난다

언제부터 어깨 위에 올라앉았을까
삶의 무게가 버겁게 내리누른다

>
이정표가 가리키던 방향은 오류였을까
서른두 개 나이테 위로 폭설이 쌓이고
뜨거운 눈물이 흘러내린다
열폭풍이 휘몰아쳐도
거기에서 끝나지 않는다

어린 해가 문을 열고 "안녕?"
나를 다시 불러내는 아침
깊게 패인 눈물샘을 뒤로하고
다시 병실로 돌아와
벗어둔 가면을 서둘러 쓴다

무덤놀이

흰옷 입은 사람 셋이 달라붙어 몸을 동이고
귀를 막아준다
나는 죽었으니 눈을 스스로 감는다
손가락 하나도 까딱할 수 없는
숨쉬기만 허락된 기계 속으로
스르륵 밀어넣는다

몸뚱이를 둘러싼 자기장이 돌기 시작한다
라디오 고주파에 공명하는 몸의 수소 원자핵
메아리 신호를 보내면
보이지 않는 세상으로 여행이 시작된다
감은 눈꺼풀로 비쳐 들어오는 흰 빛
나를 실은 우주선이 갤럭시 사이를 유영할 때
떠돌던 미아들이 달려들어 부딪치고 깨진다
굉음은 비좁은 틈을 찾아 흘러들어
두 귀 사이에 통로가 뚫리고 만다
우주에 떼 지어 몰려다니는 늑대의 울부짖음이
그 길을 뛰어다닌다

자기장의 명령에 따라

묶인 몸이 우주선의 방향을 튼다
끊임없는 충돌, 파열, 계속되는 굉음, 그리고
불안을 품은 고요한 비행

눈 감고 날아다닌 광활한 우주는
직경 오십 센티의 무덤 속
나는 서둘러 눈 감고
다시 무한의 그곳으로 미끄러져 간다

저승길

육십 년 말 잘 듣던 몸이 힘없이 쓰러진 후
숱한 사람들 번갈아 달려와 애달파했다
곧 나을 테니 힘내라 응원해주며
정성껏 만든 음식으로 냉장고를 채웠다

한 해가 가니 친구들이 슬며시 손 놓고
서너 해 지나니 형제들의 방문도 뜸해지다가
십 년이 가까우니 저승사자가 문병 왔다

의지할 곳 없어 따라나섰다
남편도 자식도 없는 불쌍한 노파
오래 고생하더니 차라리 잘 됐다
덕담처럼 마지막 인사를 해주는 사람들
흰 국화 몇 송이

저승길 동행하는 구십 넘은 노인은
아들이 대기업 간부라며
위세당당, 화환들이 맨발로 뛰어오고
늦게 온 화환들은 들어앉을 자리 없어
이름표만 줄 맞춰 벽에 걸렸다

\>

저승 가는 길도 정체가 심해
번호표 받아들고 기다리다가
화장터에서 입고 있던 옷마저 벗어버렸다
금빛 두른 화려한 납골당에 들어섰다
생전에 가져본 적 없는 아파트 한 칸

아들 덕에 호강하던 특실 노인
살아서 누리던 재물 다 두고 떠나기 억울하다
발버둥쳐도 알아주는 사람 하나 없어
숨 막히는 두려움 안고
같은 평수 옆 칸에 등 떠밀려 들어선다

꽃의 살결

꽃만 보면 달려가고 싶은 그곳
찾을 수 없어 눈물 흘리는데
먼 나라 여왕이 거닐던 뒤뜰에
분홍 장미 한 송이로 피어
기쁨과 슬픔을 한 몸에 지니고 살았을까

살결을 만질 때마다 느껴지는 아픔
온 밤 기억을 더듬는다
너 또한 전생에 내 곁에 흐드러지게 피었던 하얀 꽃

네 품속에 들었던 나비가
내 품에도 들어
너와 나 한 마리 푸른 나비 따라
신방에 들었을까

신열에 들떠
나비 따라간 곳
너는 어느 먼 별에서 한 생을 살고 있나

별과 별 사이

희고 고요한 우주 한가운데서
속눈썹은 눈물에 젖어 무거워도
가지런한 앞니 드러내고 웃는 네 모습

하얀 장미꽃에 입술을 대면
미친 듯 살아나는 너의 촉감
한 생을 건너뛰어
내 안으로 온다
몸의 낱장이 가늘게 떨린다

온기를 끌어안다

침대가 버려졌다
주인의 밤을 함께하던 기쁨이
예고도 없이 팽개쳐졌다
홑청 하나 덮이지 않은 알몸
뒤집혀진 풍뎅이처럼
꼼짝할 수 없다

따사롭던 체온
깊이 잠든 숨결
꼭 끌어안고 사랑을 속삭이던 환희가
고스란히 깃들어 있는데

안방에 들어앉아 소리로만 듣던 비
맨몸을 적시며 파고들었다
왈칵 몰려드는 한기
버림받은 서러움이
한없이 젖는 밤

몸을 더욱 웅크려
남은 온기를 끌어안는다

3부

붉은 옷의 발레리나

춤추던 봄이 발레화를 벗었다
주홍색 투투를 입은 봄이 잠시 숨을 고른다

양귀비 가는 허리를 휘감아 도는 바람
당나라 현종을 매혹시킨 눈웃음이
오이烏耳도 벌판에 진홍으로 물결친다

봄이 벗어놓은 토슈즈를 신고
드가의 발레리나가 되어볼까
하늘빛 작은 양산을 빗겨들고
모네의 여인이 되어볼까

까마귀 한 쌍 바다 쪽을 향해 귀를 연다
바람 묻은 파도 소리
포인트슈즈 잰걸음을 따라온다
몰려든 사람들 위에 햇빛이 넘실댄다

싱싱한 태양의 애무에
붉게 달아오른 양귀비꽃
쥘부채를 펼쳐 들고

엘레바시옹, 팔과 다리를 힘껏 뻗는다
들리브의 코펠리아가 바람을 타고 흐른다

숨 고르기를 끝낸 여인이
발레화를 고쳐 신는다

인디언옐로

동대문시장에서
단추 몇 개 골라 돌아오는 길
노란 민들레가 보도블록을
단단히 여미고 있다

땅 밑의 재단사는 고심했으리
태양이 짧아진 하루를 눈치채는 오후
빛과 가장 가까운 색으로 골랐을까
색의 배합을 터득한 재봉사가 고른
화사한 색상이 돋보인다

길어진 태양의 손가락이
나무 등을 간질이는 시간
흔들리는 그늘이
민들레를 찾아오자
노련한 재단사는 노란색에
엷은 그늘을 덧입혀
한풀 꺾인 노랑을 내어준다

그늘에서 소꿉놀이하는 아이

원피스에 달린 노란 단추들이
사뿐사뿐 봄볕을 시침질하고 있다

퀼트 NO. 1

독일제 쌍둥이 가위를 들고
무더위를 재단한다

소음으로 뒤엉킨 매미 소리 풀어헤쳐
햇볕에 잘 마른 밝고 높은 연두부터
그늘을 덧입힌 진녹색 저음부까지
그라데이션으로 수놓는 여름
표정 없는 하늘
빗줄기는 까마득하다
마루 한가득 조각난 색색 천들을 펼쳐 놓고
이리저리 무늬를 맞춘다

더위 먹은 듯 빛바랜 하늘 한 조각 잘라내
재봉틀로 둥글게 박아 호수를 만드니
구름 한 점 내려와 수면에 미끄러지는 흰 물새
파드득 날갯짓에 물방울이 튄다

바람 한줄기 불어와
마루에 널린 남은 조각들이 날아다닌다

\>

툭, 빗방울이 듣더니 이내 소나기 퍼붓는다
한 줄기 바늘에 꿰어
조각조각 여름을 이어간다
꽃무늬 천에서 쏟아지는 향기
마룻장에 얇게 펴고 한 땀 한 땀 누빈다

땅거미 그물사다리 타고 내려와
다 꿰맨 조각이불 위를 뒹구는
초저녁 어린 별들

퀼트 NO. 2

보름밤 달빛에 빛바랜 검은 하늘을
새로 벼린 가위로 잘라낸다

달 가까이는 밝은 회색
산등성까지 이어지는 무채색의 향연
게달의 장막이 내려져 있다

수풀 한가운데 사과나무 자라고
술람미 여인의 까만 살결이 빛나는 밤

조각낸 하늘을 채도 맞춰 차례로 깁는다
구름을 얇게 펴 한 땀씩 누빈다

암청색 창고에 쌓였던 잠이 바닥나
이곳까지 배달되지 못한다
달빛을 숨겨온 정령이
미달이문 한구석에 호롱불을 켠다

바늘 떨어지는 소리가 수녀원의 고요를 깬다
동쪽 벽에 다 기운 창호문 두 짝을 걸면

수녀들의 그레고리오 성가가
어둔 세상으로 퍼지고
불면의 밤이 따라 나간다

풀어놓은 금사金絲가 반짝이는 아침
이어붙인 시접마다
햇살이 차곡차곡 쌓인다

퀼트 NO. 3

돌부리에 걸려 넘어져 울던 날
붉은 꽃잎무늬 천을 잘라 무릎에 대본다
유년의 기억들을 색실로 한 땀씩 꿰매는 날들

옹아리하는 아이 곁에 앉아
별을 만들어 쥐어준다
방안이 까르르 웃음으로 가득 찬다

둥글게 자른 천에 보름달이 뜨면
은하수 흐르는 소리가 들린다

너와 손잡고 숨차게 달리던 언덕에
맑은 재잘거림 흩날리던 날
소낙비를 피해 숨어들었던
이파리 무성한 나무 아래
떨리는 입술이 새파랗게 질린 뺨을 스친다

빗방울 무늬 우산을 꿰매 붙여도
열세 살 너는 그 속에 없다
빗줄기가 잘라놓은 어둠을 하나씩 이어붙이는 빈자리

>

동터오는 햇살을 바늘에 끼워
동화 끝자락까지 곱게 꿰멘다

북극의 밤

캐나다 옐로나이프, 북극은 춥다
별 하나씩 머리에 꽂은 밤의 요정들이 몰려나온다

지구의 머리가 얼어붙고
세찬 바람에 귀가 너덜댄다
창조주가 두 손을 비벼 지구의 뺨을 쓰다듬는다
얼음장 겹겹이 쌓인 머리 꼭대기가 시리다

눈 밝은 정령들이 물레 돌려 실 잣는 동안 신은
깊은 서랍 속에 넣어둔 팔레트를 꺼낸다
보드라운 천을 넓게 펼쳐 물감을 칠하고
휘이휘이 날려 별빛에 물기를 말린다

꽁꽁 언 지구 머리에 씌워주려는데
우주 공간을 쓸고 다니던 바람이 머플러를 밀어낸다
신과 자연의 대화가 이어지고 드디어
오로라가 휘황찬란하게 펄럭인다

바람을 등에 받으며
넓은 품을 내주는 너

하프타임

도드라지게 아름다웠죠 벌들의 박수 소리에
목을 너무 곧게 세웠나 봐요 가장 화사한 순간
단숨에 허리가 꺾여 두툼한 장정의 관 속에
곱게 뉘였죠 검은 활자들이 엄마, 엄마 부르며 달려들었어요
배고픈 아이들을 끌어안고 젖을 먹였죠 피는 서서히 흘러
텍스트 한 페이지로 굳어갔어요

납작 엎드려 살아라, 당부하던 목소리 잦아들 무렵
어둠이 열리고 눈부신 세상이 이마를 어루만졌어요
이미 젖줄이 말라버린 미라들 틈에 끼어
투명 유리관으로 이장되었죠, 부족의 이름은 압화押花

다시는 꺾이지도 짓눌리지도 않을
검은 압박붕대로 눈을 동여맬 일도 없을 시즌 2

철없이 피어나는 숱한 감정이 향기를 놓아버린 봄날
발자국 소리 모여들어요
시즌 1의 빛깔들이 하나하나 되살아나는 유리 벌판으로
바람 불어 푸른 나비 떼 날아들어요
부스스 피가 돌고 젖이 돌아요 허리 아래 환상통이
뭉클뭉클 살아나는 아파

밤의 흰 뼈

다가오는 어둠을 마주한다
누가 파놓은 구덩이일까 바닥이 보이지 않는다
나를 밀어 넣으려는 검은 손
중력은 음흉한 눈빛을 교환하며 힘을 합친다
못 본 척 눈을 감는다

모든 것이 멈추고
궤도를 이탈한 나만의 우주에 갇힌다
휘몰아치는 소용돌이를 피하려
숨겼던 망토를 꺼내 뒤집어쓴다

원하는 제물이 무얼까
초침 분침 시침마저 뜯어 제단에 얹는다
속을 알 수 없는 저 괴물
고개를 돌린 채 다가와 덥석
밤의 한가운데를 물어뜯으면
속살이 뜯겨나가고 흰 뼈가 드러난다

곁에 누운 사내의 고른 숨결
어차피 이 불면을 나눌 수 없다

한 침상 위에 공존하는 단꿈과 한숨
손을 뻗어 혀에 물 한 방울 적셔줄 수 없는 거리다

허허로이 맞이하는 새벽
쓰린 상처 위로 달려드는 하루
두터운 솜이불 속에서도 내장이 시리다
차디찬 아침에게
온기 남은 베개를 넘겨준다

골콩드 *

눈 내리는 회색 하늘
거기
수없이 쏟아져 내리는 너
쿵쿵
내 심장을 밟으며 내려오는

손을 뻗어
한 송이 눈을 받으려는데
0그램의 네가
올라앉고 말았어

손바닥 위에서
아무 말 없이
말끄러미 올려다보던
너는 결국
옷섶을 열고 들어와
견뎌낸 시간이 음각된 얼굴을
내 가슴에 묻었어

옷깃을 여미고

창문을 닫았어

비로소

내 숨결에 겹쳐지는

너의 긴 호흡

* 골콩드 : 르네 마그리트, 캔버스에 유채 80.7 X 100.6 cm

발타샤 할아버지

에콰도르 침보라소산은 일년 내 시린 얼굴이다
당나귀 세 마리 앞세우고 네 시간을 걸어
설선雪線까지 오르는 얼음 장수
작은 체구의 발타샤 할아버지는 일흔세 살

얼음이 어디쯤 잠들어 있는지 60년 가까운 이력이 감지해낸다
파고 또 파면 축축한 맨살이 드러난다
수만 년 어둠에 길들여진 얼음 덩어리
갑작스런 빛이 낯설어 눈을 감는다

가로 세로와 깊이를 재는 정확한 짐작
수천 번의 곡괭이질에 지구 한 귀퉁이 금이 가고
침보라소 살덩이가 직육면체로 떨어져 나온다
알맞은 크기로 조심조심 다듬는 섬세한 곡괭이질
숨이 끊어질 만큼 땀을 흘리고 나서야 작업을 끝낸다

빠하*에 싸인 얼음 덩어리들을 당나귀에 싣고
산길을 걸어 찬란한 도시 리오밤바로 가면
관광객들은 환호하며 천연 얼음 주스를 마신다
그 얼음 조각들이 발타샤의 땀이라고 생각하는 사람은 없다

\>

30달러 받아들고 돌아오는 길
옷가게에 들러 빨간 판초 한 장을 산다
혼자서 키운 손자 카를로스를 위한 선물이다

적도의 마지막 얼음 장수는
몇 개 남지 않은 앞니 사이로 뜨거운 숨을 내쉬며
귀가를 서두른다

* 빠하 : 침보라소산 중턱에서 자라는 속이 빈 풀. 얼음을 포장하는 데 쓰인다.

초원의 후메이*

고요한 아우성을 헤치고 말을 달리면
하늘과 땅 사이에 한 점이 된다

푸른 늑대의 후예
눈동자 깊숙이 서글픔이 일렁인다

태양이 게르 뒤로 천천히 내려가고
어둠이 깨어나 초원에 밤이 내린다

천지창조가 재연되는 대평원
궁창이 나뉘어
별들이 자리를 잡는다

큰 별 하나 건져내 볼까
몇 억 광년 너머 손을 뻗는다
카시오페아가 잡힐 것만 같다

눈감고 어둠 속을 떠다닌다
초원에서 태어난 후메이
한 서린 마두금 두 현이 떨릴 때

몸을 맡기고 은하수를 유영하면
팔과 다리에 지느러미가 돋아난다

어둠마저도 밝게 스미는 곳
팔을 벌려 끌어안는다
지친 몸을 눕히면
소리 없이 나를 받아들인다

*후메이 : 몽골의 전통 음악으로 비강을 공명시켜 성대를 진동시키며 내는 독특한 음악.

에일란 쿠르디에게

까마득 하늘이 높아지던 날
엄마 품도 방파제가 되지 못했구나

아가야, 왜 거기서 잠이 들었니
푸른 물결에 말간 영혼이 녹아들고
평화로운 파도가 자장자장 재워줄 때
양수 속에서 손가락 빨던 꿈을 꾸었겠구나

누워도 엎드려도
젖은 몸을 감싸던 바다는
산고를 치루며 너를 해변으로 밀어내고
밀려나온 너는 엎드린 채 아직
탯줄이 잘리지 않았는데

손을 놓고 허우적댔을 다섯 살 형이
무서운 바다 한가운데서
네 체온을 느꼈을까
따뜻한 피가 식어가는 바다에서
공포의 흐느낌에 밀려
네 곁에 누웠을 테니

저 먼 수평선 아래 펼쳐진 낙원
깨끗한 해와 달이
갈색 머리를 말려줄 곳으로 가거라

다녀간 이 세상은
곧 없어질 간이역일 뿐이니
난민이란 이름으로 잠시 머물렀던 곳을 떠나
숨겨두었던 날개
활짝 펴고 날아가거라

무희

알로하,
뜨거운 몸짓 따라
와이키키 밤하늘이 왕좌를 버리고 내려올 때
별들도 맨발로 뒤를 따랐다

아무렇게나 벗어던진 유리 구두들이 은하무덤을 이루었다
못다 한 사랑, 오늘은 너만의 별을 찾아도 좋으리
떠나기 전 검은 파도 면사포로 눈물자국을 지우렴

아열대 태양 아래 검은 머리칼 출렁댄다
까맣게 익은 눈동자엔 기쁨만 있는 걸까
새빨간 하이비스커스 물결 위에 흔들리고
레이에 가려진 젖가슴이
함께 물결을 탄다

조상의 전설을 이어받은 무희가
빛이 태어나기 전부터 흔들리던 야자수 잎사귀로 몸을 가리고
하와이를 흔든다
손가락 끝에서 피어나는 꿈
자궁에서 하늘과 바다와 땅이 차례로 열린다

＞

알로하,
한순간 대나무 막대를 맞부딪쳐
졸음에 겨운 폴리네시아 섬들을 일으키고
햇빛에 그슬린 두 발로 지축을 울리는 것은
전설의 지하에 숨겨둔 피의 비밀을 폭로하려 함인가

불의 여신 펠레를 위한 잔치를 끝내면
무희들 얼굴에 평화가 번진다
멀리 눈길 닿는 수평선
훌라춤 열기로 붉어진 보름달이
천천히 왕좌에 앉는다
알로하!

엘 콘도르 파사*

비 그치고 바람 분다
매미 소리 흩어진다
뽀얀 얼굴로 새로 뜬 보름달
까마득히 잊었던 오카리나

손가락이 기억을 더듬는다
엘 콘도르 파사
안데스를 넘어가던 맨발의 인디오 전사
머리에 꽂은 콘도르의 깃털이 푸르던 날

까만 밤을 가르는 선율
잉카의 계단을 오르던 검은 발
안개 젖은 골짜기로 흘러들면
둥둥둥 북소리 따라 인디오의 군무가 시작된다
영광이 되살아난 밤하늘에
출렁이는 은하수

잠에서 깨어난 별들
무리 지어 제단을 밝히는 밤
슬픈 전설 어디쯤

나는 잉카의 무희였을까

애달픈 오카리나

천년을 굳어있던 눈물에 뺨이 젖는다

운무에 얼굴을 숨긴 마추픽추의 숨소리

콘도르는 절벽 바위틈에 잠들고

오카리나 소리에 채색된 밤이

안데스를 넘어 하늘로 오른다

* 엘 콘도르 파사 : 남미 페루의 민요에 폴 사이먼이 가사를 붙여 사이먼과 가펑클이 부른 곡의 제목. 우리말로 '철새는 날아가고'로 번역되었음.

찰무타*

페르시아의 잘 익은 태양을 반으로 갈랐다
알알이 박혔던 알맹이들이 칼날에 스쳐 쏟아내는 선혈
흰 접시를 받쳐놓았다

지중해 순한 해풍, 야자수 잎을 쓸고 온 바람에게 전해 듣는다
접시에 쏟아지는 기억은 온통 핏빛이다
부르카에 가려진 몸뚱이
검은 망사 너머로 보이는 세상
대물림되는 할례의 비명이 흥건히 고인다

어린 소녀의 어깨선을 드러내며
차도르가 천천히 흘러내린다
일흔 살 남자에게 팔려간 라지아는 열네 살

명예라는 가면을 쓴 살인자
오라비의 돌팔매질에 으깨진 석류**
비명도 못 지르고 나뒹군다

분노한 태양 깊숙한 곳에서 솟구친 흑점들
천지는 검은 눈물 출렁이는 암흑

상처 난 몸 감쌀 옷을 스스로 꿰매야 하는
슬픈 셰에라자드의 후예들

붉게 쏟아지는 말들로 귀가 먹먹한 흰 접시 위에
천 날을 넘어 또 하루가 쌓인다

* 찰무타 : 화냥년이라는 이슬람권 언어로 집안의 명예를 실추시킨 여자라는 뜻.
** 석류 : 페르시아(이란)를 대표하는 과일.

4부

초록빛 통증

비릿한 체액이 뭉클뭉클 허파로 기어든다
풀잎 끝에서 풋잠 들었던 이슬
푸드득 칼날에 베인 꿈이 동강 난다
냄새가 끌고 온 먼 이국땅의 푸른 잔디밭

버스럭대는 억새 위에 누워 바라보던 하늘가
붉은 호청 넓게 편다
보드라운 솜털구름 속으로 미끄러지는 저녁
갈대숲은 사과 향기로 가득했다

환절기 빛깔로 온 산이 젖은
울 수도 웃을 수도 없는 밤
한 계절을 끓던 영혼이 침잠한다

사과를 나누어 먹은 벌로
벌판의 모든 풀이 베어지고
잘린 모가지에서는 피가 흘렀다

주섬주섬 흩어진 이슬을 모으는 손가락 사이로
흘러내리는 젊은 날

제초기 돌아가는 소리 들리면
어김없이 살아나는 초록의 비린내

사막을 건너오는 시간

스스로 빛이 되어야 빠져나올 수 있는 통로
당신 혼자 캄캄한 사막을 헤맬 때
누구도 손 내밀 수 없었어

당신은 매일 꽃다발을 들고 왔지

모래바람인지 눈보라인지 가늠할 여유도 없을 때
나에게 내밀던 붉은 장미
늑골 아래로 쏟아지던 함박눈

불안하게 흔들리는 눈망울
장미를 움켜쥐고 당신을 끌어안았지

가시에 깊숙이 찔린 약지에서 방울방울 떨어지는
핏방울, 당신의 동공을 가득 채운 슬픔을 읽을 때
등 뒤론 거센 눈보라가 지나가고 있었어

어디서 끝날지 모르는 사막
날마다 늘어나는 꽃다발은
내게로 와서 시들어 가고

\>

당신이 맨발로 사막을 건너오는 시간
초인종이 울리면 가슴속에서 걷잡을 수 없이 피어나던
장미, 핏빛 장미

국화 정원

여자는 쉼이라 부르고 싶었다

지상의 시간이 쌓여 석고가 된 날들
메스의 번득임 앞에
눈 돌리지 않고
마취된 귓속으로 밀고 들어오는
톱질 소리에 뭉개지는 미래
울지 않아도 되는 잠

잘라낸 암 덩어리가
밤마다 톱 자국을 열고
원래 있던 자리로 찾아 들어오는
악몽
이젠 소름끼치는 날들에서 도망치고 싶지 않아

갈라진 머리뼈는
첫정을 배반한 사내가 빠져나간 흔적
일그러진 얼굴을 펴며
일그러진 그날의 약속도 곱게 펴고
꼭 쥐었던 주먹마저 편다

손아귀에 붙들려 바동대던 60년이 빠져나와
하얀 국화 만개한 정원 한가운데
곱게 자리 잡고 앉는다

피어나는 국화 향이 은은하다

운전면허증

발바닥이 지구를 밟고 튀어오른다
열쇠를 꽂고
백미러 사이드미러 맞출 때
온 세상이 환하게 빛난다

가지가 돋아나기 시작하더니
꽃들이 피어난다
부르릉 하늘 위로 날아올라
구름 위에 올려놓는다
부드럽게 핸들을 돌려
하늘가 순환 레일 위를 흐른다

백 투 더 퓨쳐, 백 투 더 패스트
빙글빙글 우주가 열린다
시공이 합일하는 순간
꽃잎들이 흩날린다

멈추지 못하고 달린다
깊고 깊은 하늘
숨겨진 꽃밭 한가운데

치맛자락 휘날리며 춤을 춘다

가둘 수 없는 무한의 세계
누구도 열쇠를 뺄 수 없다

저녁이 젖다

노란 기억을 잊은 은행나무
앙상하고 가는 팔목 어디쯤
집을 짓는다
배운 적 없어도 집 한 채쯤
보름이면 뚝딱 짓는 까치 부부

나무 아래 널려있는 건축 자재
값을 달라는 이 없고
지열을 기억하는 낙엽을 물고 와
침실을 데운다

비가 내린다
늦겨울과 이른 봄이 만나고 헤어지는 저녁
애달플 것 없는 계절을 덮고
둥근 집에 들어앉은 까치 내외가
거리를 내려다본다

홀몸 누일 방 한 칸 없는 낯빛 검은 노동자가
이틀 굶은 배 달래느라 허리를 구부린다
꾸벅꾸벅 졸음이 온다

잠깐의 백일몽
날개가 돋는다, 날아오른다
나무 꼭대기에 집을 짓는다

왁자지껄 아이들 소리에
꿈에서 깨어난 검은 얼굴
초점 잃은 눈이 퀭하다
쪼그리고 앉은 계단으로
차가운 비가 들이친다

빈롱성에 두고 온 허리 잘록한 아내의
아오자이 꽃무늬가
더욱 선명해진다

미스김라일락

아침 방송에 나온 아가씨 눈망울 먼저 젖어든다
까만 머리칼, 동글납작한 얼굴, 쌍꺼풀 없는 눈매,
영락없는 한국 아가씨인데 우리말을 모른다

낯선 이의 품에 안겨 머나먼 타국으로 떠난 아이
피의 내력 숨길 수 없어
어머니의 나라,
세상에서 해가 제일 먼저 돋는다는
낯익은 사람들이 웃으며 반겨줄 것 같은
태평양 너머를 바라보며 꿈을 꾸었다

그리움이 짙게 혼재된 꿈이 갉아먹은 시간들

태어난 이 땅에 뿌리내리고
꽃망울들 촘촘히 몸 비비며 피고 싶었을 텐데
허공이 시리도록 짙은 향기 흩날리고 싶었을 텐데
수수꽃다리 예쁜 이름 간 곳 없이 어정쩡한 이름으로 돌아왔다

연보라 개더스커트 나풀대며
가지마다 돋아나는 싹이 그리움의 눈을 뜬다

환히 웃으며 달려가 안길 품
어딘가에 있으리

낯설지만 따뜻한 눈길 받으며
미스김라일락, 튼실한 목련 곁에 나란히 서서
새파란 하늘 멀리 향기 짙은 날숨을 뿜어낸다

그 여름의 장미

담벼락 그림자가 넝쿨장미를 머리에 이고
서서히 골목길로 눕는 시간
유난히 목이 긴 한 송이가 시선을 끈다

저 깊은 곳 한창 달아오른 열네 살
여물기 시작한 젖멍울을 단단히 조이고
아직은 어수룩한 눈빛이다

후둑후둑 더위를 식히는 소나기
떨어지는 낙숫물에 뽀얀 얼굴을 내민다
갑작스런 빗물에 진저리 치며 일어서는 귀밑 솜털들

단발머리를 적시며 흘러드는 차가운 빗물
온몸에 소름이 돋고 심장이 빠르게 뛴다

이른 새벽 아직 꿈속이었을까
이슬에 젖어 더욱 붉어진 겹겹의 입술
장미를 움켜쥐었는데
가시에 찔린 검지에서 떨어지는 핏방울

＞

쉬지 않고 옷을 적시던 초경의 아침
놀란 입을 손으로 막고 돌아보니
새하얀 이불 위에 떨어져 있는 진홍색 꽃잎들

하자 보수

재건축 말 오가는 낡은 아파트
손볼 곳이 많다
설비가게 총각이 고쳐주고 간 선반
스텐 다라이 몇 개 올리자
우당탕탕 무너져 내렸다
대못 빠진 구멍 들여다보니 제법 넓다

차가운 침대 위에서
내시경 카메라를 받아들인다
붉고 긴 터널이 모니터에 환히 드러난다
불빛이 비추는 곳마다
숨어있던 하자들이 움찔댄다

긴 세월 말없이 견딘 억울함
조신함을 강요당해 펴지 못한 발랄함
숱한 의무에 짓밟힌 꿈이
소화되지 못한 채 엉겨 붙어
몸을 망가뜨리고 있었다

못 구멍은 잘 맞는 대못을

다시 박으면 된다지만
목구멍 저쪽 곪아 터진 하자들은
어떻게 보수해야 하나

울음 동굴

마음 깊은 곳에 뒤척이는 동굴 하나
숨죽여 울고 있는 어린 짐승을 만나네

순한 유전자 조용히 길들여진 부스러기들
망각 속으로 몸을 숨긴 어린놈을 끌어내 품에 안아보네
짐승 같은 울음이 아우우 우우
목구멍을 빠져나오네

지표를 빠져나오지 못한 용암의 꿈틀거림
안으로만 포효하던 야생의 암호랑이였네

흰 송곳니 드러내고 숨을 고르네
싱싱한 목젖 너머 붉게 뛰고 있는 심장

어린 짐승들은 울음을 멈추고
흩어졌던 파편들이 뼈마디를 이어가네
잠들었던 봉오리들 활짝 깨어나자
깊은 숨을 몰아쉬는 미라들
심장이 다시 쿵쿵 뛰기 시작하네

>

치맛자락 붙들고 나온 짐승들이 어울려 춤을 추네
머리칼이 젖고 발바닥이 부르트네

황혼의 하늘에도 뇌성이 일고
번개 스친 길로 지나간 날들이 달려오면
내 것이 아니었던 찬란한 빛 펼쳐지네

네모 안에 없는 너

살아남는다는 것은 경계를 짓는 일
때론 선택의 시간이 고통일지라도
어디를 잘라낼지 결정해야 한다
창조의 고통을 오롯이 끌어안는 시간
눈을 얼마나 크게 뜨면 될까
지금은 보이지 않아도
어디쯤 경계선을 옮기면 네가 있을까
시계를 무한대로 넓혀 본다
저 하늘과 땅이 맞닿은 곳, 그 밖으로 숨어버린
너를 불러들일 수는 없을까
장마 뒤 불어난 개울물 소리를 배후로
개망초 무리가 하얗게 시위하는 여름
선명한 경계를 이룬 사진 한 장
구름, 숲, 하늘의 그림자까지
서둘러 네모 안에 들어왔는데
너는 내 눈이 닿는 곳
그 어디에도 없다
네가 경계 밖으로 사라진 세상
초점 잃은 눈동자를 가득 채운
무의미한 흰 반점들

안개 자욱한 저 멀리 그림자 하나 일렁인다

숨바꼭질

아이는 달음질쳤다

부지런히 대청마루 돌아
굴뚝 뒤에 쪼그리고 숨었다
저녁 짓는 연기로 따듯해진 굴뚝에
살며시 기대었다
나직이 피어있는 민들레꽃
감기는 눈꺼풀을 밀고 눈동자에 들어왔다

아이의 잠 속
꽃에 앉았던 작은 흰나비도 날아올라

먼 하늘가 기억을 더듬었다
수백 년 흘러온 그 길을 여전히 찾을 수 있다니!
연둣빛 벌판을 뛰어다니던 여덟 살 상고머리 소녀가
이리 와, 손을 내밀었다

손바닥 위에 날개를 접고
흰나비, 잠들었다

꽃의 다비식

국화꽃 봉오리 터지는 소리가
찬 서리에 얼어붙는 새벽
귀뚜라미 울음에 젖어든 향기 짙어가고
찬바람을 등에 받은 계절의 발걸음이 빨라진다

겨울의 문지방을 딛은
진눈깨비가 심술을 부려도
고집스레 자리를 지키는 꽃들

갈변한 몸일망정 고개 숙이지 않았는데
달라붙은 서리에도 부서질 듯 마른 꽃대
한랭전선이 몰고 온 눈보라에 시달린다

얼었다 녹았다
꼿꼿이 선 채로 진행되는 다비식

촘촘히 몸 기댄 꽃대들
폭설에 묻히고
시든 국향은 회오리바람에 사라졌는데

>
뿌리가 추스른 사리 몇 개
목을 곧추세워 흙을 밀고
말간 초록 얼굴을 내민다

노을이 꽃처럼 불타는 저녁
사그라든 구름 속을 빠져나온
붉은 조등
다비식을 끝낸 눈시울이 뜨겁다

꽃 무덤

꽃몸살을 앓는 이마가 뜨겁다

손을 놓았을 뿐인데
허물어지는 폐허
다리를 타고 내려가는 통증

한바탕 회오리바람에
공중으로 떠오르다 가라앉는다

붉은 벌판에 누워 올려다본 하늘
꽃노을이 진다
상재나비들 날개를 접는다

몸속에 피어나던 숱한 꽃들
가녀린 몸짓으로 춤추던 꽃잎
千日을 두고
피어날 줄 알았는데

핏빛 향기 모두 쏟아내고
꽃들이 쓰러진다

끊어진 동맥이 새파랗다

물 위의 잠

깊은 잠에 빠져들었다
작은 배에 누워
강을 흘러
일곱 굽이 아래까지 내려갔다
사공도 없는 배
노 젓는 소리가
몇 겹 꿈의 안쪽으로 밀려갔다
강바람에 골짜기로 스며드는
기러기 울음소리
하얀 꿈 한 가닥
구름 속을 날아다녔다
날개를 옥죄던 것들
하나하나
공중에 벗어던져
가벼워진 날개
활짝 펴고
훨훨
날아다녔다

비어 있음의 파동과 완성

— 신수옥 시집 『사라진 요리책』의 시퀀스

이종섶 시인 · 문학평론가

비어 있음의 파동과 완성
― 신수옥 시집 『사라진 요리책』의 시퀀스

이종섶 시인 · 문학평론가

비어 있다는 것은 아무것도 없다는 뜻이다. 아무것도 없어서 그 근원을 알 수가 없고, 그 이후의 흔적이나 동향도 전혀 알 수가 없다. 그러니 비어 있는 그 자체의 현상에서도 무슨 이야기나 울림이 나올 이유가 없어서, 비어 있음은 하나의 진공 상태에 불과한 표현일 뿐이다.

그러나 비어 있음에도 불구하고 단순히 비어 있는 그 상태에 불과하거나 비어 있어서 아무 의미 없는 그런 상태가 아닐 수도 있다. 무슨 의미를 드러내고 형성된 무엇을 보여주기 위해서는 들어 있고 차 있어야 하지만, 그 반대로 비어 있음을 통해서 의미를 드러내고 형성하는 경우다.

이런 경우는 무엇의 존재 형태보다 비존재 형태가 더 강력한 이미지나 울림을 형성하는데, 보통의 때와는 사뭇 다르다. 일반적인 입장에서 보면 존재하고 기능함으로써 보여주고 들려주는 역할을 하게 되나, 비존재와 무기능을 통해서도 보여주고 들려

주는 역할을 할 수 있기 때문이다.

비존재와 무기능의 역할에 있어서도 통상적인 개념으로 보면 존재와 기능의 역할보다 다소 강도가 약하거나 밀도가 부족할 수밖에 없다. 그러나 어떤 경우에 있어서는 그 반대가 있을 수 있는데, 존재보다 비존재가 더 강력하고 기능보다 무기능이 더 확실하다.

이것을 일반적이라고 하기는 어렵다. 보통은 존재해야 그 특성이 실현되고 발현되며 그렇게 해서 관계로 인한 설정과 여러 일들이 파생된다. 존재하지 않으면 그 특성이 미미하거나 점점 희미해질 수밖에 없다. 기능은 존재보다도 더욱 뚜렷해서, 기능이 있을 뿐만 아니라 그 기능이 자체의 성질이나 성향에 따라 효과를 발휘하고 있다면, 무엇보다도 분명하게 기능에 따른 결과들을 도출해낸다. 그 결과는 선행적으로 있었던 것들의 존재감을 더욱 확실하게 부각시킨다.

그렇다면 그 반대의 상황을 가정해볼 수 있을까. 존재하지 않는 것이 더 강력한 영향을 끼치고 기능하지 않는 것이 더 확실하게 영향을 미치는 상황 말이다. 이것은 이를테면 보편적인 현상이나 특성이라기보다는 지극히 도드라지게 나타나는 어떤 개인적인 특질이다. 그런 면에서 그 독특한 현상을 들여다보며 규명하는 작업은 나름의 의미와 가치가 있다.

대나무 잎새 비비는 엷은 소리

꿈결을 헤매던 어디쯤

식은땀 솟은 이마를 간질이는 햇살

깊은 꿈에서 걸어 나와 눈을 떴다

국화 꽃잎 덧붙인 한지를 뚫고 들어온
오후의 지느러미가 흐느적이는 빈방
홀로 누워 눈 뜬
낯선 고요가 곁에 앉아있다

둘러싼 적막에 갇혀 헤매는 동안
옅은 어둠이 창호지를 물들였다
벽시계는 호흡을 멈추고
심장박동 소리만 방안을 채우고 있었다
갇혔던 울음이 손가락을 밀쳤다

젖은 눈 감고 누워
작은 손을 이마에 얹었다
손바닥에 느껴지는 파동의 메아리
엄마의 음파가 아홉 살을 흔들었다
— 「아홉 살」 전문

'비어 있음'의 의미를 규명하는 시에서 "대나무 잎새 비비는 엷은 소리"가 나는 것은 우연이 아니다. "대나무"는 속이 비어 있는 나무이기 때문이다. 그 "잎새"에서 "비비는 엷은 소리"가 나는 것처럼, 이마에서 식은땀이 솟아나고 햇살이 그 "이마를 간질이"고 있다. 그로 인해 "깊은 꿈에서 걸어 나와 눈을" 떠보니

"국화 꽃잎 덧붙인 한지를 뚫고 들어온/ 오후의 지느러미가 흐느적이는 빈방"이었다. 시의 제목에서 보듯 나이가 "아홉 살"이라서 유년기를 지나 소년기를 향해 가는 나이인데, 무슨 이유에서인지 빈방에서 "홀로 누워 눈 뜬" 것이다.

"식은땀이" 흐른 것을 보면 몸살이라도 심하게 앓았을지 모른다. 학교를 갔다 오거나 또는 밖에서 신나게 뛰어놀아야 했을 텐데 깊은 잠에 빠져 식은땀을 흘렸으니 말이다. 그러다가 혼곤한 잠에서 깨어났을 때 "낯선 고요가 곁에 앉아있"는 것을 느꼈다. 그 시간은 짧지 않은 긴 시간이어서 "둘러싼 적막에 갇혀 헤매는 동안/ 엷은 어둠이 창호지를 물들"이기 시작했다.

아홉 살 나이로서는 둘러싸여 있는 적막이 견디기 힘들었을 것이다. "유년의 기억들을 색실로 한 땀씩 꿰매는 날들"(「퀼트 NO. 3」)로 회상되기 때문이다. 오죽했으면 "벽시계는 호흡을 멈추고/ 심장박동 소리만 방안을 채우고 있었"을까. 보통은 벽시계 가는 소리가 째각째각 크게 들렸을 것인데 그 벽시계 소리보다 아홉 살 아이의 "심장박동 소리"가 방안 가득 울려퍼졌던 것이다. 그러니 결국엔 "갇혔던 울음이" 터질 수밖에.

"몸살을 앓는 이마가 뜨"(「꽃 무덤」)거웠을까. 빈방의 적막 속에서 실컷 울다가 "젖은 눈 감고 누워/ 작은 손을 이마에 얹었다". 바로 그 순간 "손바닥에 느껴지는 파동의 메아리"가 있었다. "엄마의 음파가 아홉 살을 흔들었"던 것이다.

"빈방"에서 느낀 "엄마의 음파"란 엄마가 그 방에서 돌봐주면서 이마에 손을 얹어주었던 행위에 기인한다. 선행적으로 존재했던 한 행위가 뚜렷하게 각인되어 있었던 것이다. 그런데 무슨

일 때문인지 "아홉 살" 시절 몸이 아파서 누워 있었을 때, 잠들기 전까지만 해도 곁에 있었던 엄마가 보이지 않았다. 아마도 깊이 잠들어서 그랬는지, 할 일이 있어서 그랬는지 엄마는 방에서 나갔고, 때마침 엄마 없는 빈방에서 홀로 눈을 뜨게 되었다.

바로 이때의 감정적 경험은 '비어 있음'을 최초로 경험한 것이었고, 그 '비어 있음'의 충격적인 경험은 시각과 청각을 넘어 "파동"과 "음파"를 동반했다. 음파sound wave는 특정 매개물을 통해 흡수되어 반사되고 굴절된다. 이것이 한 지점에서 다른 지점이나 사방으로 퍼져 나가면 파동이 되고 그 길이는 파장이 되는데, 이러한 음파 현상으로 인해 파동 에너지와 파장 공간이 형성된다. 이것은 곧 '아홉 살에 겪은 빈방의 음파'로써, 이후에 파동과 파장의 울림이 끊임없이 생성된다는 명제를 암시하는 복선과도 같은 것이다.

비밀번호를 누르고 현관문을 연다
한동안 빈집이었는데
방금 뚝 그친 울음의 꼬리가 서둘러 빠져나간다
서러움이 넘실대는 거실
눈물 머금은 벽지가 눅눅하다
서쪽 창으로 저무는 여름 햇살
머물던 자리 아직 따뜻하다

어디선가 들리는 질긴 신음의 기척
베란다 망에 붙어

울음을 다독이던 매미는
빈집을 들여다보며 얼마나 울었을까
눈알이 부어오른 채 아직도 몸을 떤다
흐느낄 때마다 벌떡이는 배
땅속에서 견딘 슬픔을 부리고 있다

날카로운 삽날이 퍼낸 붉은 직사각 공간에
흙 한 삽 퍼 넣고 울다
엄마를 홀로 두고 돌아와
빈속에 차곡차곡 눈물을 채운다

매미의 젖은 마음을 끌어안고
여름 해가 데워 놓은 구석에 쪼그리고 앉아
남은 울음을 쏟아낸다
충혈된 노을이
검은 옷소매를 붉게 적신다
―「울음을 다독이다」 전문

「아홉 살」이 한 개인의 경험에서 최초로 빈방이라는 공간을 통해 엄마의 파동을 느낀 체험을 보여주었다면, 「울음을 다독이다」는 엄마가 실제로 존재하는 것의 마지막 장면이자 그 실존적 존재감을 지우는 엔딩 장면의 경험을 확장해서 보여준다. 물론 이때도 "빈방"에 이어지는 "빈집"의 공간이 나오고 '엄마의 부재'라는 빈자리도 동일하게 등장한다. 그 두 가지를 합친 의미로 '비어 있음'이라는 심리적 공간이 중층적으로 형성되어 단성 monophony에서 다성polyphony으로 내적인 성질과 형질이 발전되어가는 음파적 진행의 전이 과정을 파동적인 울림으로 보여준다.

"빈집"과 "엄마의 부재"는 「아홉 살」보다 더욱 심화되고 강렬해진다. '엄마의 죽음'은 아홉 살에 경험했던 '엄마의 없음'과는 근본적으로 다른 정서적 경험이다. 아홉 살의 경험이 아홉 살 이후에도 개입하고 관여했듯이 엄마의 죽음도 엄마의 죽음 이후에 지속적으로 영향을 미치는 것이 당연하기 때문이다.

그 경험은 장례식을 마치고 돌아와 "현관문을" 여는 순간부터 시작되었다. 장례를 치르는 동안 "한동안 빈집이"어서 아무도 없었고 "빈집의 한기"(「가마솥 일기」)만 있었을 텐데, 문을 열자마자 "방금 뚝 그친 울음의 꼬리가 서둘러 빠져나"가는 소리가 귀를 스치고 지나갔다. 얼마나 울었는지 아직까지 "서러움이 넘실대는 거실"에는 "눈물 머금은 벽지가 눅눅"하기만 했다.

"서쪽 창으로 저무는 여름 햇살"이 "머물던 자리 아직 따뜻"한데 "어디선가 들리는 질긴 신음의 기척"이 느껴졌다. "베란다 망에 붙어"서 아직 끝내지 못한 "울음을 다독이던 매미"였다. "빈집을 들여다보며 얼마나 울었"는지 "눈알이 부어오른 채 아직도 몸을" 떨고 있었다. "흐느낄 때마다 벌떡이는 배"가 "땅속에서 견딘 슬픔을 부리고 있"었던 것이다. 아마도 "삼켜지지 않는 울음"(「얼음은 울지 않는다」) 때문에 그랬을 것이다.

매미가 견뎌야 했던 땅속의 슬픔은 "날카로운 삽날이 퍼낸 붉은 직사각 공간에"서 '엄마 홀로' 견뎌야 하는 슬픔과 같아서, 그 사실이 생각날 때마다 "빈속에 차곡차곡 눈물을 채"워 매미처럼 배를 벌떡이게 된다. 그렇게 "남은 울음을 쏟아"내고서 후련해진 가슴을 다독이고 있을 때, 그것을 보고 있던 노을도 벌겋게 충혈되어, 눈물을 훔치는 "검은 옷소매를 붉게 적"시며 저물어 가는 것이다.

배추 세 포기 절이려고
소금 항아리 열고 망설이다
전화기를 든다

익숙한 번호를 누르자
신호 한 번 가지 않고 들리는 말
지금 거신 번호는 없는 번호이오니

낯선 목소리에
가슴이 덜컥 힘이 빠진다
뜨거운 덩어리가 울컥 올라온다

큰언니의 번호를 눌러본다
소금 몇 공기 퍼야 하는지 모른다고 울먹이자
이 바보야, 네 나이가 몇인데
말끝을 흐린다

내 요리책이었던 엄마

음식 만들다 말고 전화기만 들면
몇십 년 한결같이
초판 내용을 유지했었다

몇 번을 물어도 반갑게 말해주던
엄마 음성 그리워
배추를 절이다 말고
무릎 사이로 고개를 묻는다

눈물로 푹 절여진 얼굴
간이 밴 표정이 엄마를 닮았다
—「사라진 요리책」 전문

앞에서 살펴본 두 편의 시 「아홉 살」과 「울음을 다독이다」는 구
조적으로 시퀀스sequence를 형성한다. 시퀀스는 다양한 영역에
서 그 분야에 맞게 사용하는데, 특히 음악에서는 동형진행이라
는 뜻으로 사용된다. 일정한 형태가 반복해서 진행되는 것인데,
이때 같은 형태가 똑같이 반복되지 않고 발전적으로 진행되어
나타난다. 형태적으로 보면 반복이지만 시퀀스를 통한 반복적
진행은 반복의 느낌이 단순하거나 지루하게 들리지 않고 오히려
심층적이면서 풍성한 울림으로 들리게 된다. 즉 반복이 반복이
아니라 무한을 향하여 나아가는 발전인 셈이다.
　「아홉 살」의 구조였던 '빈방 – 엄마의 부재'는 「울음을 다독이
다」에서 '빈집 – 엄마의 죽음'으로 나타난다. 이것은 형태 자체

가 같은 반복의 구조이기는 하지만 그것을 단순 반복으로 치부할 수는 없다. 그 사건과 서정의 울림이 반복을 넘어, 오히려 반복 구조를 적극 이용해 시각과 청각을 통한 깊이의 확장성을 보여주기 때문이다.

특별하고 각별한 시퀀스의 장치와 효과는 일종의 기둥과 같아서, 그 기둥 사이에 있는 또는 시간의 진행에서 그 기둥 후에 나타나는 일들은 시퀀스의 흐름으로 이어지며 시퀀스의 감정을 충실하게 구현한다. "꽃멀미 심하던 스물네 살의 봄이/ 현기증으로 몸져누웠다"(「그날 바람이 내게 왔다」)가 그 단적인 증거다. 그래서 시퀀스라는 중심 장치는 드러나든 드러나지 않든 시퀀스 전에는 물론 그 후에도 중요하게 기능하고 서술된다.

모든 시를 그렇게 봐도 무방하지만 특히 「사라진 요리책」 같은 시가 대표적이다. 「아홉 살」에 겪었던 '엄마의 부재'라는 현상의 강렬한 경험은 그 자체로 충격적이었으나 엄마의 존재로 인해 그 후로 계속해서 이어지지는 않았을 것이다. 그러나 「울음을 다독이다」에 나타나는 '엄마의 죽음'은 죽음 자체의 성격 때문에 엄마라는 존재가 완전히 사라지는 것이어서, 그 후에 경험되어지는 엄마의 부재라는 완전한 빈자리가 감정적으로 더욱 깊어지다 못해 생물적인 파동 현상의 극대화로 나타나게 되는 것이다.

「아홉 살」에서 경험했던 부재의 층위와 진폭이 더욱 깊은 울림을 동반하는 이유는, 비어 있는 빈자리를 몰라서가 아니라 그 비어 있음의 심리적 현상이 어떤 사건이라는 기폭제를 만났기 때문이다. 문득 다가오고 갑자기 생각나는 예고 없음의 현상이, 이미 강력하게 형성되어 있는 어떤 정서나 개념과 맞물려 폭발력 가득한 감정의 화학작용을 일으키는 것이다.

그중에 한 예로, 김치를 담그는데 그리 많지도 않은 배추를 절이려고 하다가 전화를 한다. 그런데 바로 들리는 소리가 "지금 거신 번호는 없는 번호"라는 사실을 알려준다. 익숙하지 않은 그 "낯선 목소리"는 정서적으로 충격에 가까워서 가슴에 울컥 "뜨거운 덩어리가" 치밀어 오른다. 다시 "큰언니"에게 전화해서 배추를 절일 때 소금을 어느 정도 넣어야 하는지 모르겠다고 하면서 울먹인다.

이렇게 진행되는 사건은 '엄마의 부재'로 인한 그리움 때문에 벌어진 일이다. "엄마 돌아가신 후 처음 느껴보는 엄마 맛"(「무쇠 맛」) 이후 그런 일을 종종 겪었기 때문에 "엄마 음성 그리워/ 배추를 절이다 말고/ 무릎 사이로 고개를 묻는" 것이다.

엄마의 죽음으로 인한 부재와 빈자리를 느끼며 울음을 다독여야 했다는 사실은 울음이 그만큼 넘쳐났음을 뜻하는 것이다. 그런데 그런 울음이 실제로 다독여지기는 힘들어서 오히려 이렇게 "눈물로 푹 절여진 얼굴"이 되어버렸고, 그로 인해 "간이 밴 표정이 엄마를 닮"은 역설적 현상이 진실한 마무리를 획득하게 된 것이다.

딸에게 그리움의 대상으로 남은 엄마가 그런 적이 있었다. 엄마는 친정집에 가면 "속울음을 꿀꺽꿀꺽 삼켰"고 "집으로 돌아온 엄마의 얼굴과 마음은/ 육회처럼 붉고 흐늘거렸다"(「육회」). 이것은 엄마와 딸의 시퀀스다. 그 구조와 감정의 구축 형태가 딸에게 그대로 이어지면서 사건의 전개와 감정의 발화가 상승하고 있기 때문이다. 엄마가 친정에서 그랬다면 아버지는 집에서 자식들을 대상으로 역할을 감당하면서 "아무도 모르게 눈물 국수를 들이키"(「여물 국수」)는 일이 많았다. 부모가 그랬으니 딸도 더욱 그럴 수밖에 없었을 터, 원형과 모형의 시퀀스에서 과정의 진행을 숙성시키는 원형의 중요성을 분명하게 보여주는 대목이다.

따사로운 볕을 쬐던 두 발을 불러들이고
수렴垂簾을 내린다
묵언수행 한 달 보름째
잘 재단된 에고의 드레스는 벗어버린 지 오래

여우비가 나무들의 이야기를 적시자
떨어진 이파리들이 거리에 나뒹군다
지면에 자욱한 안개가
작은 새 재잘대는 부리 속으로 스며들어
소리는 길을 찾지 못해 목구멍 안에서만 맴돈다

텅 빈 방으로 밀려드는 고요의 파동이
심장의 맥박과 부딪치며 공명을 일으킨다
영혼이 큰 진폭으로 요동치는 밤
침묵의 원형은 슬픔이어서
그 속 깊이 잠기는 법을 배울 때
자물쇠를 풀지 못한 채 흘러가는 시간과
말이 되지 못하고 새어나오는 쉰소리가 뒤섞인다

저녁노을 끄트머리 암적색 하늘빛을 녹여

검붉은 벽돌을 빚는다

마음 깊은 곳에 밤새 수도원 하나 짓는다

벽이 저만치 높아질 즈음

목젖 아래 곰삭아 가라앉은 말이

부스스 기지개를 켠다

—「후두염이 지나가는 동안」 전문

　배추가 절여지는 것처럼 눈물이 한 사람을 절여서 그 눈물의 주체에 대한 정서는 물론 표정까지 닮게 되는 동안 그 눈물이 촉발하는 감정 발산의 통로인 후두는 또 얼마나 고단하고 수고로웠을까. "후두염"에 걸려 벌써 "묵언수행 한 달 보름째"다. 말을 하기가 힘들어 말을 하지 않고 지내다 보니 이제 "소리는 길을 찾지 못해 목구멍 안에서만 맴"돌고 있다.

　"후두염"은 누구나 겪을 수 있는 평범한 증상일 수 있으나 이 시 안에서는 물론 시집 안에서까지 긴밀한 흐름 안에 위치하고 있어서, 그 의미를 차분하게 짚어봐야 한다. 그것은 "텅 빈 방으로 밀려드는 고요의 파동이/ 심장의 맥박과 부딪치며 공명을 일으"키는 특별한 현상 때문이다. 목에 통증이 생겼을 때는 불편하고 귀찮은 것이 보통인데 그때 "텅 빈 방"에서 '파동의 공명'이 발생했기 때문이다. 그 결과 "영혼이 큰 진폭으로 요동치는 밤"을 맞이했고, "침묵의 원형은 슬픔이어서/ 그 속 깊이 잠기는 법을 배"우게 된 것이다.

이러한 현상은 「아홉 살」과 「울음을 다독이다」의 시퀀스가 보여준 '비어 있음의 파동'이라는 실체가 「사라진 요리책」을 통해 어떤 영향을 어떻게 미치고 있는지를 드러낸다. 마침내 「후두염이 지나가는 동안」에 이르러 그동안 풀지 못해 안고 있던 문제의 귀결을 밀도 있는 드라마처럼 해결하고 완성해냈다.

과거에 "자물쇠를 풀지 못한 채 흘러가는 시간과/ 말이 되지 못하고 새어나오는 쉰소리가 뒤섞"이는 격랑 속으로 빠져들어 갔다면, 울음을 다독이지 못한 파동과 음파가 더욱 거세게 요동치면서 그 속에서 잔뜩 절여졌을 것이다. 그러나 이제는 "저녁 노을 끄트머리 암적색 하늘빛을 녹여/ 검붉은 벽돌을 빚는" 시기를 맞이한 것이다. "마음 깊은 곳에 밤새 수도원 하나 짓"기 위해서다.

"수도원"의 "벽이 저 만치 높아질 즈음/ 목젖 아래 곰삭아 가라앉은 말이/ 부스스 기지개를" 켜게 되는 것은 비로소 울음을 다독였다는 증거다. 빈방과 빈집에서 엄마의 부재와 엄마의 죽음을 경험하면서 울음이 파동과 음파로 뛰는 너울에 자신을 맡길 수밖에 없었다. 그런데 이제는 그 빈방과 빈집과도 같은 수도원을 스스로 짓고, 그 수도원이라는 빈방과 빈집에서 울음이 아닌 "곰삭아 가라앉은 말"을 발화하게 된다.

"마음 깊은 곳에 뒤척이는 동굴"에서 "숨죽여 울고 있는 어린 짐승"(「울음 동굴」)이었는데, 최초의 빈방에서 시작해 최후의 빈방을 통해 완성하는 '울음 - 말'의 진행은 그렇게 오랜 세월을 거치는 동안 울음을 다독인 말로 결정체를 이룬다. 파동과 음파가 허공을 헤매다가 사라져버린 것이 아니라 견고한 빈방을 만나

또 다른 차원의 이면적 득음을 하게 된 것이다. 스스로를 유폐시켜 "가둘 수 없는 무한의 세계"(「운전면허증」)로 들어간 셈이다.

　　　　깊은 잠에 빠져들었다
　　　　작은 배에 누워
　　　　강을 흘러
　　　　일곱 굽이 아래까지 내려갔다
　　　　사공도 없는 배
　　　　노 젓는 소리가
　　　　몇 겹 꿈의 안쪽으로 밀려갔다
　　　　강바람에 골짜기로 스며드는
　　　　기러기 울음소리
　　　　하얀 꿈 한 가닥
　　　　구름 속을 날아다녔다
　　　　날개를 옥죄던 것들
　　　　하나하나
　　　　공중에 벗어던져
　　　　가벼워진 날개
　　　　활짝 펴고
　　　　훨훨
　　　　날아다녔다
　　　　—「물 위의 잠」 전문

「후두염이 지나가는 동안」이라는 과정을 거치면서, '비어 있음'이라는 현상과 실존이 부족하고 불안하며 아무것도 없고 누구도 없는 그런 것이 아님을 겪으며 체험했다. 동시에, 그 모든 것들을 맞닥뜨리고 부딪치면서 극복하며 넘어서야 하는 것임을 온몸과 온 생애로 배우고 익혀야 했다.

그리하여 이제는 "아홉 살" 시절의 불안했던 잠과는 질적으로 다른 "깊은 잠에 빠져들"수 있게 되었다. 빈방에 누워 엄마의 부재를 겪으면서 울음의 파동을 온몸으로 느껴야 했었는데 이제는 빈방이라는 "작은 배에 누워/ 강을 흘러/ 일곱 굽이 아래까지 내려"갈 수 있게 되었다.

"사공도 없는 배"가 "몇 겹 꿈의 안쪽으로 밀려"가면서 "하얀 꿈 한 가닥"이 "구름 속을 날아다"닐 때, "날개를 옥죄던 것들/ 하나하나/ 공중에 벗어던"질 수 있었다. "보이지 않는 세상으로 여행이 시작된"(「무덤놀이」) 것이다. "가벼워진 날개/ 활짝 펴고" 드디어 "지상의 시간이 쌓여 석고가 된 날들"(「국화 정원」)을 벗어나, 푸른 하늘을 마음껏 "훨훨/ 날아다"닐 수 있게 된 것이다.

그때 "아이의 잠 속/ 꽃에 앉았던 작은 흰나비도 날아올"(「숨바꼭질」)랐다. 시퀀스의 완성이 이루어진 것이다. 파동에서 가장 친숙하고 편안한 수면파를 생성한 것이다. 오랜 시간차를 두고 벌어진 충격의 빈방과 죽음의 빈집이라는 시퀀스의 실존적 체험 마지막 장에서, 삶과 죽음을 통한 존재와 비존재의 결정結晶인 '비어 있음'의 자각이 "경계를 짓는"(「네모 안에 없는 너」) 세상에서 그 경계면에 대해 수평 방향으로 진행하는 수면파를 비로소 송출할 수 있게 된 것이다.

아홉 살도 아닌 "여덟 살 상고머리 소녀가"(「숨바꼭질」) 잠들어 "숨 고르기를 끝낸"(「붉은 옷의 발레리나」) "얼굴에 평화가 번"(「무희」)지는 영원한 카이로스로 들어가는 순간이다. 접혔다 펼쳐지고 펼쳐졌다 접히면서 무한으로 나아가려는 시퀀스의 소리 없는 피날레다.

신수옥 시집

사라진 요리책

발   행 2020년 7월 15일
지 은 이 신수옥
펴 낸 이 반송림
편집디자인 김지호
펴 낸 곳 도서출판 지혜 · 계간시전문지 애지
기획위원 반경환 이형권
주   소 34624 대전광역시 동구 태전로 57, 2층 도서출판 지혜 (삼성동)
전   화 042-625-1140
팩   스 042-627-1140
전자우편 ejisarang@hanmail.net
애지카페 cafe.daum.net/ejiliterature

ISBN : 979-11-5728-404-7 03810
값 10,000원

신수옥

신수옥 시인은 서울에서 태어났고, 2014년 「하프타임」 외 4편으로 『문학나무』
신인상을 수상했고, 2015년 '젊은 시 12인'에 선정되었다.

신수옥 시인의 첫 번째 시집인 『사라진 요리책』은 엄마의 부재, 또는 엄마의 죽
음이라는 심리적 충격의 변주이며, 그 그리움이 서정시의 진수로 울려퍼지고 있
다. 그리움은 사랑이 되고, 이 사랑은 부재의 층위와 그 울림을 통해 더욱더 '비
어 있음의 파동과 완성'을 보여준다.

이메일: sueokshin@gmail.com